KB096370

내 몸에는 달이 살고 있다

내 몸에는 달이 살고 있다

이은봉 시집

—

창비시선
2 1 5

차 례

제1부

청매화, 봄빛

청매화 푸르른 꽃잎들, 밭두둑마다 푸시시 웃으며 뛰놀고 있다

콩콩콩, 꽃향기 벌떼처럼 코끝 싸하게 쏘아대는 마을……,

강언덕 저쪽 산비탈에선 일찍 핀 꽃잎들, 아랫도리를 꼬으며 이울고 있다

잠시 밭두둑에 서서, 옷매무새 고치며 슬픔 견디고 있는 여인……,

살며시 꺼내든 손거울 속으로, 또 하루치의 봄빛, 멈칫멈칫 스며들고 있다.

봄 햇살
Y에게

싹 틔우는가 씀바귀꽃 잎사귀, 냉이꽃 잎사귀 조용히
끌어안는가 입 맞추는가

봄 햇살이여 연둣빛 꽃그늘이여 삼짇날 아침, 제비떼
돌아오는 아침 지저귀는가 스며드는가

이슬방울처럼, 보리바람처럼 포삭대는 흙덩이들, 보
듬고 날아오르는 봄 햇살이여 낮은 목소리여

씀바귀꽃 해맑은 잎사귀, 냉이꽃 촉촉한 잎사귀 무한
천공 밀어 올리는 아으, 들뜬 사랑이여.

섬진강

누가 일러 강이라 했나
골짜기를 적시며
출렁출렁 걸어가는 초록빛 물길
발목 걷고 휘적휘적 걷다 보면
산언덕마다 이슬 젖은 수유꽃 내음
꿀벌들 잉잉대는 매화꽃 내음
여울목에 몸 섞으며
하얗게 반짝이고 있지
(더런 노랑부리할미새들
부는 봄바람에 쫓겨
둥글게 원 그리며 날기도 하지)
발목 부어 잠시 주저앉는 물길
물길은 강으로 불려지기보단
지친 제 몸 감추며
그냥 이렇게 주저앉아 쉬는 것이 좋지
눈 들어 세상 바라보면
마을마다 북적이는 사람들
사람들 슬픈 이야기……

물길은 너무 아파 싫지
오래도록 눈 딱 감고
내내 별꽃처럼 풋풋한 서정이고 싶지
만개한 산벚꽃으로 흐드러지고 싶지.

사이, 소리

뒤란 대나무숲 울타리
뭉게구름 잠시 멈춰 선 자리

장독들 옴죽옴죽 비켜선 사이
푸드득, 숨죽이는 바람 소리

낯부끄러운 홍시들
얼싸안고 뺨 비비는 소리

오조조, 보조개 피우는 사이
포르르, 날아가는 박새 한마리

흙바닥 위 호두알만한 그림자
또로록, 떨어져내리는 사이

제 울음 하얗게 되씹는 소리
뭉게구름 우줄우줄 걸어내려오는 자리

마른 감나무 잎사귀
아하, 저 혼자 팔랑거리는 소리.

발자국

삼짇날 지난 남쪽 하늘가, 제비 몇마리 바람 데불고 지지배배 지지배배, 뛰놀고 있다 달리고 구르고 뒹굴고……

더런 빨랫줄 위, 사뿐히 내려앉기도 한다

약오른 바람들, 가끔은 제비들 날개 꼬옥 끌어안고 놓지 않는다 그러면 제비들, 대각선 길게 그으며 휘이익, 빠져 달아난다

남쪽 하늘가 어디, 발자국 하나 없다.

감나무 아래

보림사 입구, 아직은 풋풋한 감나무 아래, 대나무 평상 시원하게 펼쳐져 있다

문득 푹 잘까, 하는 마음 들어, 눈감고 벌러덩 누워 숨 한번 크게 쉬어본다

풋감 한 알 아랫배 위로 툭, 하고 떨어진다

감나무 저도 그만 심심해 장난치는 거다

슬쩍 눈 치켜뜨고 올려다보니, 빙긋빙긋 웃는 소리 들린다

야, 임마 잠 좀 자자!

자아식, 감나무 저도 너무 더운가보다 잔가지 흔들며 서둘러 바람 불러모은다.

대원사에서

쇠북소리, 정오의 아카시아 꽃향기 속으로
푸드득 떨어져……, 生生하여라

……그것들, 알몸으로
살 섞는 것들
숨 넘어가는 것들
단내나는
날갯짓으로
으히히 좋아라…… 총총히
꽃구멍, 잉잉잉
파고드는 꿀벌들처럼
……그것들, 온몸으로

황홀하여라 죽음
뚫고 일어서는 소리
코피 흘리는
물소리 울음소리
헉헉헉…… 뿜어내는 아카시아 꽃향기

멧새들, 아득하여라
깜박 조는 사이

쇠북소리, 정오의 아카시아 꽃향기 속으로
푸드득 떨어져 ……生生하여라, 아흐 그만.

초록 잎새들!

굴참나무 초록 잎새들 옹알이한다고?
고 어린것들 촐랑촐랑 말 배우기 시작한다고?

뭐라고? 벌써 입술 꼼지락대고 있다고?
조 작은 것들 마음 활짝 펴고 있다고?

그렇지 녀석들 환하게 웃을 때 되었지
고 예쁜 것들 깔깔대며 장난칠 때 되었지

그새 초여름 더운 바람 불고 있다고?
조 귀여운 것들 글씨 공부 꼬불꼬불 신난다고?

만리포 바다

바다는 볼록하고 팽팽한 젖가슴을 갖고 있다 가슴 나직이 출렁이는 바다…… 가 번쩍, 장산 선생의 허리춤을 들어 호텔 물침대 위로 내던진다 미끄러지듯 양털 이불 속으로 빨려들어가는 장산 선생의 몸뚱이…… 부력을 이기지 못한 그의 마음들이 이리저리 가볍게 떠밀린다 바람에 섞여 포동포동 흔들린다

하얗게 밀려드는 물거품들이 장산 선생의 젖은 허벅지를 툭툭 친다 까르르 웃는다 새하얀 양털이불 속, 몸뚱이를 묻고 고개 들어 빤히 바라보는 하늘이 파아랗다

갈매기도 부끄러운 듯 고개 돌린 채 자맥질하는 바다…… 출렁이는 호텔 물침대가 찬찬히 장산 선생의 허벅지를 주물러 터뜨린다 조롱조롱 떠밀리는 생각들이 침대 모서리에 부딪쳐 물꽃으로 핀다 물꽃의 비릿한 향기 속으로 바다는 환히 웃으며 눈감는다 잠시 저녁노을 불러모은다

별들이 뜨고, 장산 선생 푹신한 몸도 촉촉이 젖는다.

아침 바다
꽃지 해수욕장에서

부드럽게 빛나는 낮바닥, 더욱 빛내며 바다는 재빨리 눈뜨고 있다 잠 깨고 있다 늦도록 발광하던 생명들, 지랄하던 욕망들, 아직 질펀히 누워 있는 시간, 바다는 천천히 칫솔 꺼내 물고 있다 입가에 하얗게 묻어나는 거품들, 가볍게 닦으며 철썩철썩 모래사장 끝 산책하고 있다 발끝마다 걸리는 비닐봉지 몇개, 나동그라지는 파라솔 몇개……

솔숲 지나온 바람, 호들갑떨며 춤추고 있는데, 싱그러운 낮바닥 더욱 빛내며, 바다는 푸시시 보조개 드러내며 웃고 있다 머리칼 이리저리 흩날리고 있다…… 이윽고 마음 다지는 바다, 오늘 또 하루 함부로 토해낼 시끄러운 욕망들, 복작대는 생명들 죄 끌어안기 위해 입술 꽉, 다물고 있다 초롱초롱 눈망울 빛내며 하늘 바라보고 있다 아랫도리 바짝 힘주고 있다 구릿빛 어깨 팽팽히 벌리고 있는 바다.

달

　내 몸에는 달이 살고 있다 옥토끼의 달, 계수나무의
달, 때 되면 옥토끼는 아직 절구질을 한다 계수나무 그
늘 아래 떡방아를 찐다 인절미며 쑥절편, 백설기며 시루
떡 함께 나누어 먹는 달은 지금 많이 아프다

　……홍건히 피 흘리는 달, 아랫도리 절룩이는 달, 내
몸의 물관부를 따라 출렁출렁 뛰어다니는 달……

　뚜벅뚜벅 대보름이 다가오고, 마침내 몸 가득 채우는
달, 때로 달은 흘러 넘치기도 한다 밖으로 빠져나가기도
한다 그러면 달빛 너무 지쳐 피빛으로 붉으죽죽하다 그
달빛, 세상 향해 촉촉이 내려앉는 모습, 보고 싶다 아름
답게.

강, 산, 들

네 살은 홍시처럼 붉다 치솟는 젖무덤, 부푼 엉덩이 머리칼을 흩날리며 달려오는 너는 강이다 산이다 기름진 들이다 그러면 나는? 나는 미칠 것 같은 마음 하나로 복사빛 뽀얀 네 허벅지 마구 파헤치는 살쾡이, 아직도 네 허리춤 와락 끌어안고 있다

네 둔덕은 거칠다 네 계곡은 여전히 어둡다 숲의 나무들 암말처럼 튀어오른다 하여, 나는 봉두난발의 네 들뜬 앞이마, 오래오래 끌어안는다 그러면 너는, 너는 미칠 것 같은 마음 하나로 다시 내 귓밥 핥는다 볼때기 물어뜯는다

……오늘은 나도 폭포처럼 쏟아져내리는 물줄기, 날아오르는 물안개…… 마침내 네 부푼 엉덩이, 네 검붉은 아궁이 뚫고 나도 일어서고 있다 온갖 생명들, 우르르 몸부림치는 강이여 산이여 기름진 들이여 너로 하여 한세상 다시 환해지고 있다

24

강이여 산이여 오오, 흐벅진 들이여 네 속에 길이 있다니, 사랑이!

패랭이꽃

앉아 있어라
쪼그려 앉아서 피워 올리는 보랏빛 설움이여
저기 저 다스운 산빛, 너로 하여, 네 아픈 젖가슴으로
하여 한결같아라
하나로 빛나고 있어라

보랏빛 이슬방울이여
눈물방울이여
언젠가는 황홀한 보석이여
앉아서 크는 너로 하여, 네 가난한 마음으로 하여 서
있는 세상, 온통 환하여라
환하게 툭, 터지고 있어라.

무등산 1
애기똥풀꽃

애기들 울음소리 응아아, 하고 들려온다 세인봉 골짜기 아래, 후미진 숲 그늘 아래 헐렁하게 걸머진 낡은 배낭 하나, 철버덕 주저앉아 쉬고 있는데……

퍼뜩 뒤돌아보니, 저쪽 바위 틈서리마다, 오물오물 피어오르는 애기똥풀꽃!

가끔은 알싸한 더덕 향기도 응아아, 하고 건너온다 가재들 괴어드는 골짝물 넘어, 뺨 간질이는 여린 바람들, 손가락 펴 움켜잡으며…… 옴죽옴죽 입술 씰룩이는 한무더기 애기들 울음소리,

우와와 곰삭은 입맛으로 달려온다 샛노랗게 똥 묻은 애기 기저귀, 흐르는 골짝물에 발 담그고 앉아, 휘휘 흔들어 빨고 싶은 마음……도, 우르르 들려온다.

아흐, 치자꽃 향기라니!

허겁지겁 몇 순가락 점심 떠먹고 마악, 일터로 돌아오는 길, 환하게 거리를 메우는 것들, 배꼽티를 입고 날렵하게 여기저기 다리 쭈욱 뻗는 것들, 백양나무 하얀 우듬지들, 그것들 아랫도리 후들후들 흔드는 것들

석간을 사기 위해
잠시 머뭇거리고 서 있는데
정신들이 없군 우르르 흩어 퍼지는
아흐, 치자꽃 향기라니!

흠흠 말 더듬으며 돌아보니 원시의 숲들, 신비를 만들며 솟구쳐오르는 생령 덩어리들, 그렇지 풀무질로 커 오르던 고향 마을 유년의 에너지들, 시원도 하지 쿵쿵, 코 훌쩍이며 몇 순가락 점심 떠먹고 마악, 일터로 돌아오는 길

석간을 사기 위해
잠시 머뭇거리고 서 있는데

정신들이 없군 우르르 뿜어져나오는
하여튼 저 젊어터진 향기라니!

능소화, 덩굴꽃

몇 안 남은 이파리들 겨우 매달고
개가죽나무, 비쩍 마른 모습으로 서 있네

능소화, 덩굴꽃
아등바등 타고 감고 기어오르네

이것들, 무엇이든
타고 감고 기어올라가야지

악착같이 능소화, 들뜬 꽃
깡마른 개가죽나무 끌어안고 놓지 않네

황금빛 종소리로 울려 퍼지는
능소화, 환한 꽃

토닥토닥, 화장한 얼굴
······해맑은 목소리, 곱기도 해라

개가죽나무 가난한 이파리들
숨 헐떡이며, 입 딱 벌린 채 내려다보고 있네.

한천 숲에서

까불대는 혜선이의 손사래에 이끌려온 숲이다 용기를
내어 극작가 배봉기와 함께 떼밀려온 숲이다 욕심꾸러
기 시인 혜선이의…… 하여튼 오기는 잘 온 숲이다 와
서 보니 가슴 탁 터지는 숲이다

무엇보다 덜컹거리는 자동차 소리 들리지 않아 좋구
나
무엇보다 어지러운 속도에 쫓기지 않아 좋구나

그늘진 잔디 위 종종대는 몸뚱이 함부로 내던질 수 있
어 좋구나
흐르는 골짝물 재잘대는 손가락 맘대로 담가볼 수 있
어 좋구나

두 다리 쭈욱 뻗고 막걸리 한잔 마시고 싶구나
두 팔 쭈욱 뻗고 낮잠 한숨 늘어지게 자고 싶구나

물소리 바람소리 새소리…… 소리들 부드럽게 옹알거

리는 숲이다 망설이며 억지로 따라온 극작가 배봉기도
입 쩌억, 벌리고 감탄하는 숲이다 철부지 시인 혜선이
의, 언제나 볼 부어 있는 혜선이가 좋아하는 숲이다.

도꼬마리 마른 풀씨!

찰싹 달라붙고 싶지 허리춤 혹은 젖은 바짓가랑이, 복숭아뼈 위 여린 살갗에라도, 그만 매달리고 싶지 중머리재 돌아, 토끼등 끼고 주춤주춤 오솔길 걸어내려오고 싶지

도꼬마리 마른 풀씨! 그대 주름살 환하게 풀어헤치는 바람, 출렁이는 너도밤나무 잎사귀, 솟구치는 상수리나무 그늘 따라 덜렁덜렁 달려 내려오고 싶지

왁자지껄 사람들 사는 곳 향해, 쇄쇄 소리라도 지르며…… 산 깊어 혼자선 너무 외롭지

그대 도꼬마리 마른 풀씨! 저기 저 저녁 연기 낮게 피어오르는 마을, 마을 사람들 모여 도란거리는 말소리 웃음소리, 삶은 옥수수 나눠 먹는 소리, 눈감아도 그립지 고개 돌려도.

제2부

휘파람 부는 저녁

얼마나 빠른 속도로 달려왔기에, 아직도 그처럼 가슴
파아랗게 달구고 있는가

몇억 광년을 두고 날아왔으면서도, 타는 제 가슴 미처
식히지 못하는, 별이여 가쁜 숨 몰아쉬는, 네 빛 닿는
곳마다 뽀얗게 불길이 이는구나

태초부터 배꼽과 배꼽으로 얽혀 있기에 너와 나, 단박
에 이처럼 하나로 나뒹굴고 있는가

얼마나 먼 곳에서 달려왔기에 손과 손, 마주 비비며
일구는 네 열기, 온통 지구를 뒤덮고 있는가

푸르른 비파소리를 울리며 쏟아져내리는 별이여 네
빛이 일구는 환희의 동그라미가, 오늘은 그대로 연꽃송
이어라

숲속의 풀여치도, 귀또리도 어둠 뚫고 달려와 밝은 얼

굴로 호이호이 휘파람 부는 저녁 너와 나, 이미 질긴 동
아줄로 얽혀 있구나.

가야산

조기호

무엇이 날 부르나 무엇이
날 불러 네 품에 들게 하나

내포평야 오지랖 넓은 치마폭에 싸여
정 많은 제 아내 볼록한 젖가슴에 싸여

미륵불처럼 조용히 웃고 있는
산아 가야산아

무엇이 날 부르나 무엇이
날 불러 네 품에 쉬게 하나

포둣한 네 허벅지를 베고
숲 그늘을 베고, 오래도록 마음 눕게 하나

손가락 비틀며 멋쩍게 웃고 있는
산아 가야산아

무등산 2
갈대꽃

세월, 저만치 자라고 있다
설움, 저만치 꽃피고 있다

장불재 넘어가는 길
중머리재 올라가는 길

아등바등
아등바등

설움, 저만치 머리칼 흔들고 있다
세월, 저만치 목쉬고 있다.

무등산 3
산나리꽃

토끼등 근처, 이팝나무 골짜기 아래
먹빛 자귀나무 그늘 아래
홀로 숨어
꽃망울 피워 올리는 것은
아름다운 일이다 땀방울 훔치며
혼신의 힘으로
제 속의 모든 슬픔 끌어올려
아득히 꽃망울 피워 올리는 것은
숨죽이는 것은
차마 가슴 떨리는 일이다
보아주는 이 하나 없어도
부는 바람들, 재재거리는 풀벌레들
과, 어깨동무를 하고
여린 마음 저 혼자 어루만지며
꽃망울 피워 올리는 것은
눈부신 일이다 수줍어
아랫도리 비틀거리면서도
제 生이 이루는 모든 힘 바쳐
꽃대궁 지극히 밀어 올리는 것은

차마 마음 벅찬 일이다 토끼등 근처
이팝나무 골짜기 아래
먹빛 자귀나무 그늘 아래
숨어, 저만치 몸 감추고 숨어.

무등산 4
함박눈 내린 뒤

함박눈 후다닥 쏟아져내린 뒤 하늘 쨍, 하니 맑다
소나무들 은빛 털옷 잔뜩 껴입고도 어이 추워, 하며
시린 두 손 사타구니 속에 집어넣는다
집어넣고 마주 비빈다
퍼뜩 얼어터진 두 귀 어루만진다
은빛 털옷 너무 무거워 툭, 하니 벗어 던지기도 한다

중머리재 가까이, 건들건들 중년의 사내 하나, 눈 덮
인 으악새밭 근처 털썩, 주저앉는다
더는 오르지 않기로 한다
살진 멧비둘기 몇마리, 꾸륵 꾸르륵 저희들끼리 노래
부르며, 서석대 쪽 빈 하늘 향해 날아오른다.

바다 1
울산항

바다는 자꾸만 속이 메스꺼웠다
넥타이 탁탁 풀고, 와이셔츠며 양말도
활활 벗고 싶었다 알몸으로
모래톱 내달리고 싶었다
바다는 너무도 몸이 무거웠다
가슴 위 유유히 떠다니는 항공모함
배꼽 아래 깊숙이 가라앉은 유조선
…… 왈칵 토해내고 싶었다
모자를 벗어 한 손에 들고
터벅터벅 걸어오는 아랫배 쪽 사내는
대한항공 씩씩한 파일럿
허벅지 밑에는 어린 스튜어디스
의, 외짝 하이힐이 나뒹굴고 있었다
바다는 자꾸만 속이 아팠다
허리띠 제꺽 풀고, 꽉 끼는 청바지 훌훌 벗고
진통제라도 한 알 꿀꺽 삼키고 싶었다
오래오래 그렇게 잠들고 싶었다
헉헉 숨이 차는 바다는……

걸레옷을 입은 플라타너스

가을이 머물다 가는 곳이긴 하네
만 겹으로 기운 걸레옷을 입고
플라타너스, 자네
그냥 여기 잠시 쪼그려 앉아 있는 것인가
자동차들 제멋대로 속도를 내는
아스팔트 국도변 언덕
한없이 나뒹굴다가
겨우겨우 살아난 목숨
너무 고마워 부둥켜안고라도 있는 것인가
언뜻 그렇게 넋 잃고 있는 것인가
굳게 다문 입
함부로 셀룩이던 근육 다 풀고
자네, 시방 참선이라도 하고 있는 것인가
무슨 큰 깨달음이라도 얻은 것인가
해사한 눈웃음이라니!
입은 왜 자꾸 가로로 찢어지는가
보게나, 서쪽 하늘 끝
가을이 머물다 가는 길가이긴 하네

누덕누덕 기운 걸레옷을 입고
플라타너스, 자네 벌써
여기 아스팔트 국도변 근처
뿌리를 내리고 있는 것은 아니겠지
그래도 플라타너스, 자네
우선 목숨은 붙여놓고 볼 일 아닌가
맹독 가스 난무하는 여기
아무래도 아스팔트 국도 변은 안되겠네
어찌된 것인가 자네, 그만 정신 좀 차리게
죽어, 한 알 밀알로라도 썩고 싶은 것인가.

바다 2
톱머리

바다는 아예 제정신 잃어버렸다
이미 제 숨결 놓아버렸다
까맣게 타들어가는 바다
풀썩 재티가 일고, 출렁이는 숯덩이 위로,
온종일 비가 내리고 있었다
밤새워 오리갈매기가 울고 있었다
한바탕 시궁창 냄새가 일고
폐유빛 백사장 위로
녹슨 포크레인 삽날 몇개
까맣게 이빨 벌리고 있는 바다
가, 저 혼자 차갑게, 하늘 물어뜯고 있었다
거기 갯가 모퉁이 어슬렁거리고 있는 뜻밖의 사내
는, 각자 선생이다 각자 선생이 저 혼자
가죽구두 벗어든 채 죽은 바다
두드려 깨우고 있었다
찢겨진 어깻죽지 파닥이고 있었다
망둥이 새끼 한마리 튀어 올리지 않는 바다
미역 잎사귀 한포기 키우지 않는 바다

바다는 이미 제정신 잃어버렸다
아예 제 숨결 놓아버렸다
몸뚱이 희뿌옇게 태우고 있는 바다.

一瞬

땅 속의 흙들, 오랜 고통 참지 못하고
신음소리 털어놓는다
숲 속의 굴참나무 잎사귀들
허공 한가운데로, 긴 꼬리를 만든다
점점이 꼬부라져 떨어진다
몸 뒤척이며 멧새들 울음소리
산골짝 나자빠진다
흘러가던 구름들
잠시 멈춰 서서 얼굴 찌푸린다
쭈그려 앉은 늙은 소나무들
너무 아파, 앙상한 손가락 뻗어
관절염의 무릎 두드리고 주무른다
범람하던 고통들…… 이윽고
모든 시간이 멈추고
초록의 잎사귀들 일제히 옷 벗는다

一瞬, 태양이 射精을 멈춘다
숲 속 골짜기마다
유령들, 검푸른 연기로 몰려다닌다.

달과 돌

하늘에 떠 있어라 구족구족 땅에 척, 박혀 있어라 너무도 멀어라 달과 돌 사이, 나 사이 어지러워라

……둥글기는 하여라 오래오래

그것들 부처님 얼굴처럼, 오히…… 두어라 不立文字로, 그냥 그대로 저만치 하늘과 땅 사이, 나 사이.

사막

사막은 기어코 제 여윈 몸 비틀어
깊숙한 골짜구니 밑바닥 어디
바람 한점 피워 올렸네
어미의 비쩍 마른 젖꼭지를 빨며
아등바등 자라나던 바람
순간 회오리를 만들며 하늘로 날아 올라갔네
바람이 읽던 책, 바람이 듣던 음악
우수수 골짜구니 밑바닥으로 떨어져내렸네
여기저기 떨어져내린 것들 주어 모으며
사막은 잠시 울음 삼키며 기도했네
모래알들도 따라 기도하는 동안
소낙비 한바탕 지나갔네
웬걸, 소낙비가 내리다니!
사막은 그만 벌써 슬픔 다 잊고
물기 촉촉한 제 사타구니 열어
잽싸게 낙타풀 한무더기 키워 올렸네
낙타풀을 뜯으며 터벅터벅 낙타들이 지나가고
모처럼 환하게 웃는 황무지……

그녀의 가슴은 늘 이렇게 황폐했네
비쩍 마른 젖꼭지를 물려
어미는 무언가 또 자꾸 키워냈네.

어이, 바윗덩어리들!

터벅터벅 금당산 숲길 걷고 있는데…… 여기저기 바윗덩어리들, 눈빛 쏘아댄다 함부로 눈웃음 쏘아댄다

어이, 왜들 그래 어쩔려구 너무 그러면 어지럽잖아 뭣들 하는 거여

한번 끌어안고 싶은 거니 입 맞추고 싶은 거냐구

한때는 나도 너희들 사랑한 적 있지 뜨겁게 노래한 적 있지 밥덩어리며 떡덩어리 함께 나눠 먹은 적 있다구

받은 것만큼 주는 거니 정성 나눠주고 싶은 거니 지극함 나눠주고 싶은 거냐구 그런 거냐구

어이, 바윗덩어리들! 멋쩍고 쑥스럽잖아 저기 베짱이들, 호琴을 켜며 지켜보고 있잖아 진정하라구 눈빛 말이야 그 눈웃음 말이야

터벅터벅 금당산 숲길 걷고 있는데…… 여기저기 바윗덩어리들, 반가워 쩔쩔매며 달려나온다 턱없이 눈웃음 퍼부어댄다 어이, 그만 어지럽다.

돌멩이 하나

아침 산책길, 돌멩이 하나 문득 발길에 채인다 또르르 산비탈 아래 굴러 떨어진다 저런저런…… 내 발길이 그만 세상을 바꾸다니!

달팽이 한마리, 제 집 등에 지고, 엉금엉금 기어가는 풀섶 근처…… 이슬방울마다 황홀한 비명, 하얗게 열리고 있다.

침팬지의 집

제석산 나지막한 능선 따라, 아름드리 소나무들, 우뚝 우뚝 멈춰 서 있다 소나무들 따라 집채만한 바윗덩어리들, 빗종빗종 뒤엉켜 앉아 있다

바윗덩어리들 속, 아직 덜 진화된 침팬지들, 오손도손 살림 차리고 있는 모습, 눈에 띈다 언뜻 보면 마냥 돌덩어리다

돌덩어리 속 침팬지들, 안으로 끌어들인 산 기운, 파랗게 키우고 있다 生靈들, 그렇게 주춤주춤 커가고 있다 차마 깨뜨릴 수 없는 우주다

흩어져 있는 돌 부스러기들 속에서도, 생령들 우쩍우쩍 모여들고 있다 돌 부스러기들보다 작은 침팬지들, 쪼르르 모여 살림 살고 있다

저 바윗덩어리들, 그렇게 나다 아버지다 할아버지다 누구도 제 손자들, 여기 옹기종기 모여 살고 있는지 알지 못한다 제석산 오랜 소나무들처럼……

털 없는 원숭이

돌 속에서 살 때 침팬지는 제가 곧 손오공인 줄 전혀
알지 못했다 끈질긴 인연이 있어 여의봉을 든 정의의 사
도로 태어날 줄은 더더욱 몰랐다

털 없는 원숭이가 될 것도 알 까닭이 없었다 한심한
것들이라니⋯⋯

벼락이 치고, 천둥이 치고 비바람 몸부림으로 울던 날,
불현듯 생명을 잉태한 돌은 차마 제 속의 피붙이⋯⋯
정성을 다해 침팬지로 키웠다

침팬지로 자라나면서 손오공이 되고 털 없는 원숭이
가 되고 삼장법사의 법제자가 되고⋯⋯

마침내 부처님이 된 법제자만이 제 몸이 돌로부터 왔
다는 것을 알았다

부처님이 되기 훨씬 전 저 많던 털 없는 원숭이들⋯⋯

언제나 철없이 기고만장했다

　제 아버지, 할아버지, 증조할아버지인 돌을 원숭이들
은 한갓 돌멩이로 여겼다 깨고 부수고 길바닥에 깔고 짓
밟았다

　둥근 고리가 끊기면서 돌은 이제 더이상 어떤 것도 잉
태하지 못한다 어쩌다 잘못 태어난 불구의 부처님만이
혼자서 적막했다.

돌의 꿈

숲 속 골짜기, 흐르는 물들과 더불어 살다가
갑자기 포크레인에 들려
김 회장 집 정원 연못가로 옮겨진
돌은, 한때 제 오랜 꿈
버리고 싶었다 비릿한 정액의 내음
여기저기 굴러다니는
이 집 정원에서는, 가슴 깊은 곳
겨우 숨쉬기 시작한 생명들
털 없는 침팬지로 키우기가
아무래도 힘들어 보였다
바람 속에서 태어난
후박나무 잎새가 측은한 낯빛으로
한동안 돌을 내려다보았다
갓 피어난 노오란 국화송이도
안타까운 눈빛으로
그윽이 바라다보았다
털 없는 침팬지, 이 징그러운 목숨이
돌은, 그렇게도 좋다는 말인가

곧바로 김 회장처럼 되고 말 저 생명이……
계절이 바뀌고, 눈 속에서
홍매화가 피더라도
이 댁 연못가에서는
어느 것 하나 생산하지 못할 것 같았다
돌은, 마침내 바른 가슴 하나
부지하기로 했다 언제나 욕망의 내음
비릿한 이 집 정원에서는.

바위의 길

바위는 주둥이 꽉 다물고 있다 끈질긴 인내심으로
제 마음 검붉게 달구고 있는 무쇠덩어리
춘삼월 새파란 욕망의 혓바닥까지
바위는 꽈악, 끌어안고 녹여버리고 있다
바위는 그렇게 모든 생명들의 꿈……
제 속으로 철없는 손오공 키우고 있다
온갖 정성으로 빚은 사랑을 먹고
훌륭하게 장성한 손오공
근육질의 구릿빛 어깨 빛내며
마침내 法 구하기 위해
늠름히 서역으로 출발할 때까진
바위는 별별 서러움, 안으로 찍어누르고 있다
여의봉 놀리며 천산 향해
씩씩하게 걸어가는 제 자식의
박달나무처럼 단단한 다리통을 바라보며
바위는 어느덧 통곡하고 있다
텅 비어버린 제 가슴
흑흑흑, 울음으로 가득 채우고 있다

넘치던 제 가슴의 눈물, 이윽고 거름되어
기름진 논밭으로 펼쳐지면
또 다른 손오공을 키우기 시작하는 바위
는, 벌써 어금니 악다물고 있다
악착 같은 인내심으로 한 세월 버티고 있다.

돌의 나라

돌 속에 사는 침팬지들에게도 나라가 있지 돌처럼 주름진 침팬지들의 넉넉한 이마, 끝내 참지 못하고 한번 접었다 펴면 나라 전체가 큰 파도로 출렁이지

돌처럼 고개를 숙이고 사는 돌 속 침팬지들의 침묵도 들을 줄 알아야지

이미 잘 듣고 있다고? 그래도 귀 기울이고 들어보라고?

그렇지 돌의 나라에도 言中有骨이 있지 言中有骨을 귀히 여기는 돌의 나라……, 침팬지들의 이마는 아직 넉넉하지 조금은 품위 있게 침묵으로 주름져 있지

끝내 숲 속에서 뒹굴어야지 침팬지들, 좌대 위 수석 따위로야 모셔질 수 없지.

제3부

젊은 느티나무

스스로 號 하여, 각자 李 선생이라고 하는 사람이 있다 동구 밖, 오래된 느티나무의 모습으로 살고 싶은, 그렇게 묵묵히 젊은 느티나무가 있다

이 동네 입싼 참새들, 잔가지 위로 몰려나와 오조조 떠들며 마음 삭이는 것이, 느티나무는 좋다 더런 보금자리를 틀고, 아예 뾰족뾰족 살림을 차리는 놈도 있다

흔쾌한 마음으로 그래라, 하며 각자 이 선생이 씨익, 웃는다 겨울 가고 봄 오면, 그래도 물오르는 마른 나뭇가지, 청춘의 근육 불퉁거린다.

꽁치

소금에 절여, 가스불로 구운 등푸른 바다 한마리, 파
아란 접시 위, 벌렁 누워서도 동그랗게 눈뜨고 있네

고향 그리워 차마 눈감지 못하고 있네

폴짝폴짝 튀어오르는 이 집 아이들, 제비새끼처럼 쫙
쫙 주둥이 잘도 벌리고 있네

엄마가 떼어주는 바다 한조각, 재잘재잘 잽싸게 받아
처먹고 있네

등푸른 바다 한마리, 야금야금 스러지고 있었네.

보림사에서

고장난 수레바퀴처럼 덜컹대는 몸, 억지로 떠밀고 간 장흥 보림사, 공터 앞 구멍가게 평상 위, 퍼질러 앉는다 가지산 산그늘에 몸 맡긴다

절집 구경 잠시 접어두고, 가겟집 할머니가 끓여온 한 냄비의 라면, 한 보시기의 김치, 쉬어터진…… 천천히 목구멍 속에 털어 넣는다

옆자리에선 등산복 차림의 사내들 서넛, 무어라 씨부 렁댄다 삼봉패 돌린다

몇 걸음 저쪽 장독대 옆에선, 알자리를 찾는 암탉들, 구구거린다 어슬렁댄다 극성스런 파리떼들, 지겨운가 보다 푸드득 날갯짓한다

졸졸졸 떨어지는 수돗물, 플라스틱 바가지로 한모금 떠 마신다 고개 들어 하늘 바라보면, 바람 분다 버짐나 무 잔가지들 반짝, 하고 흘러내린다

더는 아무것도 묻지 않는다 평상 위, 천천히 몸 눕힌
다 산 그림자 밖 저쪽 세상…… 재재빠른 속도, 잠시 그
만 잊는다.

씨 뿌리는 사람
J·J·H

제 가슴의 울창한 숲 그늘
사람들에게 다 나눠주고
살진 암소가 끄는 쟁깃날 대어
오래도록 밭 일구는 사람!

 돌멩이며 나무뿌리며 골라내다보면, 지치기도 하지
퇴비며 인분이며 집어넣다보면, 피곤도 하고…… 땀 흘
린 만큼 밭두둑 옆댕이 옹달샘이라도 퐁퐁퐁 솟아나면
좋으련만, 눈물 흘린 만큼 산비탈에라도 걸터앉아 막걸
리 한잔 쭈욱 들이켜면 좋으련만!

 발목 자꾸 어루만지는 흙더미
고르고 골라 이랑을 만들고
오직 정성스러운 마음 하나로
오래도록 여기 씨 뿌리는 사람!

염포 바다

바람 잔 초여름의 염포 바다…… 파도에 잘 갈린 자갈
돌들, 손에 쥐고 있으면 온몸이 따스하다

헛간 귀퉁이 짚둥우리
갓 낳은 달걀들처럼 둥그래진다

하늘 향해 집어던지면 쨍, 하고 깨어지는 바다!
산 그림자, 우수수 부서지며 파문을 만든다

우뚝우뚝 방풍림들!
둥글둥글 자갈돌들!

아직 멀었다 내 마음, 자갈돌들처럼 따스해지기까
진…… 등뒤의 어린 유자나무 열매들, 아직 파랗게 크
고 있다.

무화과

꽃 피우지 못해도 좋다

손가락만큼 파랗게 밀어 올리는
메추리알만큼 동글동글 밀어 올리는

혼신의 사랑……

사람들 몇몇, 입 속에서 녹아
약이 될 수 있다면

꽃 피우지 못해도 좋다

열매부터 맺는 저 중년의 生!
바람 불어 흔들리지도 못하는.

善에 대하여

봄눈 절로 녹는다 툭툭 물꼬 터진다 어디 막힌 곳 없다 콸콸콸, 봇물 흐른다

바람결 곱다 햇살 반짝인다 뾰족뾰족, 달래싹 돋는 땅, 때 되어 산언덕 위 화들짝 진달래꽃 피어오른다

……보아라 善이다 神의 섭리다.

낙화암에서

낙화암 근처, 금방이라도 날아갈 듯한
백화정 난간에 몸 기대고
시퍼런 강물 어지럽게 내려다보고 있었다
누구는 치마폭 뒤집어쓰고 떨어져 죽은
삼천궁녀들, 점점이 그리워하는데
누구는 강물 가득 채우며 떠오르는
계백이며 성충 등 옛 백제 사람들
아스라이 추억하는데
나는? 나는 기껏 지난 70년대 말
어느 늦가을 오후
의, 햇살이나 곱씹으며
중얼거리고 있었다 백화정 난간의 끝
이 자리에 쭈그리고 앉아
어쩔 줄 몰라 쩔쩔매던
불쌍턴 그 날의 제 몰골이나 되돌아보며
멋쩍어 하고 있었다 덧난 상처
끝내 이기지 못하고
오래오래 앓아 눕던 시절

의, 한 여자, 함박꽃 같던 달덩이 같던
여자의 낯바닥 따위나
어루만지고 있었다 되새기고 있었다
그렇게 나는? 나는 기껏 백화정 난간에 몸 기대어
날아갈 듯 멈춰 서 있는 세월,
어지럽게 내려다보고 있었다 시퍼런 강물이나.

진해만이 보이는 국수집에서

　시민회관 앞 산비탈이다 산비탈 위, 바라크로 지은 국수집이다 봄 벚꽃도 지고, 여름 땡볕도 지고, 조금씩 붉게 물드는 저녁노을이며 목백합나무 잎사귀들…… 철버덕 방석으로 깔고 앉는다 국수집 둘레, 부추싹들 파르라니 고개 쳐들고 있다 진해만 물빛 같다

　젓가락으로 몇점, 국수가닥 건져 올린다 문득 진해만 저쪽 하늘 바라본다 철없는 구름들, 우르르 몰려다니며 헐렁한 무명바지 벗었다 입고, 입었다 벗는다 녀석들 아랫도리, 뽀얗게 곱다 반짝, 하고 떨어지는 햇살들, 낯빛 또한 하얗게 곱다 벌써 메밀국수 한그릇씩 했나보나

　하늘가 이쪽 목탁새 한마리, 여려터진 詩 몇가닥 입에 물고, 원 그리고 있다 몇가닥 바람도, 원 따라 돌고 있다 무연히 늙은 비구니, 파르라니 깎은 머리통, 같다 월하 선생 둥근 마음, 같다 한가하게 세상 돌고 있는 詩…… 조용히 젓가락 들어, 불어터진 몇가닥 국수, 마저 건져 올린다.

습관적 반성

오늘 아침도 참 죄 많이 지었다 술 탓이야, 하고 중얼
거린다 중얼거려도 마음속으로 크는 죄의 나무는, 잘 자
란다 거름 주지 않아도 순식간에 풀덤불 무성하다 숲 속
의 나뭇가지마다 튀어오르는 잔나비떼들, 그것들 끽끽
끽 우는 소리들……

　정신 바짝 차리고, 단번에 죄의 나무들
　금도끼로 찍어낸다 찍어내도
　순식간에 곁가지를 뻗는 죄의 나무들
　죄의 숲 속에선 언제나 진한 정액 냄새가 난다

어지럽다 지난밤에도, 남의 살 한점 젓가락으로 꼭,
찍어 먹었다 술 탓이야, 하고 중얼거린다 물 주지 않아
도 옥수수 수염처럼 잘 자라는 죄의 나무들, 너무도 지
저분하다 우둘두둘 옥수수 알들…… 또 잠시 옥수수밭
갈아엎는다 습관적으로.

너무 과했나?

둥글게 살아야지 어질게, 세상 모든 것 하나로 통하지
성현들 말씀처럼 둥글둥글 어질어질 하나로……

닦고 조이고 기름칠하다 보니
너무 과했나?

가시처럼 뾰쪽하던 혀, 창끝처럼 날카롭던 눈초리 하
얗게 닳아버렸네 밀가루처럼, 아예 가루가 되어버렸네

솜털처럼 가벼워진 몸,
먼지처럼 작아진 마음

사람들, 함부로 손바닥 위에 올려놓고 훅훅, 불어대고
있네 제 콧구멍 콱콱, 막아대는 줄도 모르고!

꿀벌 한마리

늦가을 오후, 멀찍이 창가에 앉아, 컴퓨터 화면 들여
다보고 있는데, 가만가만 날갯짓하는 꿀벌 한마리, 윙윙
거리는 소리 들려온다

꿀 가득 실은 채, 유리창에 자꾸 머리통 부딪는 소
리……

들어온 구멍, 열려진 창 틈 끝내 찾지 못하고, 친구들,
먼 마을 붕붕붕 날고 있는데, 햇살 한오라기 그립겠구나
그만 날갯짓, 접어버리고 싶은 꿀벌 한마리…….

백목련
운주사에서

한때는 화들짝 피어오른 꽃봉오리였지
그때는 저도 그렇게 생각했었지

백목련 뿌옇게 이우는 꽃잎파리
꽃잎파리의 여인
운주사 9층탑 돌아
세번씩 서른번 탑돌이하고
산언덕 기어올라
누워 있는 부처님 부부
금실 너무 좋아
영영 일어설 줄 모르는 부처님 부부
뭉클한 마음으로 바라보는 여인
더 멀리 바라보면
부처님 얼굴로
저녁놀 화사하게 빛나고 있지
저만큼 물러서는 젊음
팽개쳐버린 가족들도 거기
부처님 얼굴로

낯빛 부드러이 빛나고 있지
백목련 뿌옇게 이우는 꽃잎파리
꽃잎파리의 여인

한때는 화들짝 피어오른 꽃봉오리였지
그때는 모두들 그렇게 생각했었지.

조금쯤 고요해져

요즈음 몇해 동안 나, 마냥 들떠 지냈다 방황이란 이
름으로, 불혹이란 이름으로 너무도 뻔뻔하게 나, 함부로
팽개쳤다 세상 일 훤히 보이는 듯, 이루 손에 잡히는 듯
피식거리며 지냈다

조금쯤 고요해져!
조금쯤 차분해져!

되씹어볼 일이다 나, 배추씨만큼은 되는가 주머니 속
먼지씨만큼은 되는가 깃털처럼 가벼워진 나, 외로움이
나 꺼내볼 일이다 그리움이나 닦아볼 일이다 얼음처럼
차가워진, 설움이나 뻔한 내일이나.

대둔산

꽃 그늘 속, 흐르는 계곡물에 발 담그면
아랫도리 후둘후둘 떨린다
쭈빗, 머리칼 솟는다

물 속 깊이, 밟히는 돌멩이마다
뚝뚝, 단풍들어 있다
바알갛게 피 묻어 있다

골짜기마다 물결소리, 숨결소리
꽃잎 지는 소리…… 어지러워라, 아흐.

바다 3
부산항

폭풍우 한바탕 휘몰아친 뒤, 부산항 가득 물거품 덮여 있다 부러진 돛대 몇개, 이리저리 떠밀리고 있다

배들, 잠시 닻 내린 부산항……

어지럽다 어젯밤 술 취해 함부로 쏟아낸 토사물 같다 우리나라 터무니없는 재정경제부 같다

물거품을 타고, 그 길로 캉드쉬가 왔다

두 눈 딱 감고 홀라당 옷 벗는다 팬티마저 벗고, 이빨 악다물고 한바탕 또 폭풍우와 맞선다

젖가슴 팽팽히 내밀며, 알몸으로 뻔뻔히 나설 수밖에 없다.

살 부러진 파아란 우산 하나

구죽죽이 장마비 내리는 늦여름 오후, 자동차들 비틀
비틀 몸 사리는 고속도로 갓길, 살 부러진 파아란 우산
하나, 후줄근히 젖고 있다 나뒹굴고 있다

그리운가 먼 나라 파아란 우산 속, 함부로 치달리던
시절, 거기 풀덤불 속, 검붉은 칸나꽃더미, 슬픈 낯빛으
로 눈물 훔치고 있다 까맣게 가슴 태우고 있다.

망초꽃더미

길음시장 비좁은 장바닥 가득, 노점상들 옹기종기 물건 팔고 있다 뭉게뭉게 망초꽃더미 솟아오르고 있다

오이며 가지며 풋고추며 깻잎이며 갈치며 꽁치며 고등어며 물오징어며 냄비며 투가리며 식칼이며 프라이팬 따위

손바닥 두드려 여기저기 손님들 부르는 소리, 웅성웅성 사람들 물건 값 깎는 소리

길음시장 복잡한 장바닥 가득, 소리 소리들 뽀얗게 피어오르고 있다 뭉게뭉게 망초꽃더미, 솟아오르고 있다

그것들 새하얀 앞니 불쑥불쑥 드러내며 까르르 웃고 있었다.

제4부

허물어야지 벽, 되었다면

　그대 정성으로 지은 집, 흙벽돌집 싸리나무 울타리 없을 수 없지 야트막한 담장 없을 수 없지 담장 밑 몸 가린 채 뒷물도 하고, 목물도 하고…… 그렇지 죄다 까발리기엔 무언가 부끄러운 것 있지 멋쩍은 것 있지

　하지만 그 담장, 그 울타리 철조망 되어선 안되지 벽 되어선 안되지 콱콱 숨 막아선 안되지 마을 사람들 사이, 동네 사람들 사이 南과 北, 東과 西 철조망 되었다면, 벽 되었다면 허물어야지 부수어야지

　싸리나무 울타리 밑, 야트막한 담장 밑, 나팔꽃 봉숭아꽃 분꽃 맨드라미꽃…… 그렇게 꽃들 심는 마음 있지 누구에게나 있지 그대, 자그마한 숨결 속에도 있지

　꽃밭 위, 그렇지 살그머니 까치발 서서, 담장 너머 바라보는 재미, 울타리 너머 훔쳐보는 재미 때론 그런 맛도 있어야 하지 그래도 그 담장, 그 울타리 철벽 수비로 되어선 안되지 철벽 공격으로 되어선 안되지

그대 떨리는 가슴 속, 서러움 속 야트막한 울타리 있
지 흙벽돌 담장 있지 그렇게 가릴 수밖에 없는, 가난한
마음 있지 그런 쑥스러움 내게도 있지 누구에게나 있었
지.

북, 소리

멈칫멈칫 아프다 아프다, 하는 소리 들려온다
귀 기울이고 들어보면 어디선가
고프다 고프다 울어대는 북, 소리
아흐 울음소리 들려온다 그 소리
입 모아 남으로 열려 있다
한때는 둥둥둥 가볍게 몸 빠져나가던 소리
함부로 거슬러올라가던 소리
이제는 우르르 내려오며
와와와, 개구리떼처럼 와와대는 소리
그 소리, 으흐흐 하고 울어대는 소리

저토록 망가질 수 있을까
세상의 오랜 추억과 꿈
의심하지 않을 수 있을까

하여 마침내 의심하는 사람들
아름드리 통나무 깎아
헉헉대는 소리의 숨구멍

꽉꽉 틀어막는 사람들
사람들 못내 구시렁대는 소리
도, 함께 들려온다 으흐흐 웅얼대는
너무도 무거운 북, 소리
조바심으로 안타까움으로
고프다 고프다 외쳐대는
아프다 아프다 외쳐대는 저 북, 소리
들려온다 멈칫멈칫 그대 가슴으로 들려온다.

무등산 5
쫓기듯 너는

그해 봄날이었지 쫓기듯 너는, 피 흘리며 너는 내 속으로 숨어 들어와 또아리를 틀었지 한마리 거친 짐승으로, 때론 시르죽은 무당벌레로 나와 더불어 살았지 그렇지 내 치마섶의 온기를 먹고 살았지

한숨 푹푹 쉬기도 하며
때론 으르렁대기도 하며

제 아픈 상처, 저 혼자 어루만지며 민들레꽃 수없이 피었다 지고, 진달래꽃 수없이 피었다 지고 마침내 동그랗게 자라난 너는, 내 옆구리 찢고 세상 밖으로 걸어나오고 있지 사뿐사뿐 연꽃 밟고 있지

드넓은 나주평야 따사로운 햇살처럼
그렇지 석가모니 부처님 환한 미소처럼.

송아지처럼

해 지고 어스름 내리면, 새들은 왜 모두 날개를 접고 집으로 돌아가는 걸까

문득 시 쓰지 않고도 잘 살 것 같다,는 생각이 든다

늙었다 너무 편해졌다,는 것일 게다 그만 자빠지고 싶다는……

어미 소를 따라가는 송아지처럼, 오늘도 나는 앞서가는 생활 졸졸 따라간다

갈비뼈 사이로 스르륵, 마른 비듬 떨어져내리는 소리 들린다

해 지고 어스름 깔리면, 새들은 왜 모두 날개를 접고 새끼들 곁으로 돌아가는 걸까.

버려진 냉장고

아내와 함께 길음시장에 가서 보았다 삼성전자 대리점 앞 버려진 냉장고……

아내의 손가락에 매달려 있는 검정 비닐봉지 속엔 달래며 냉이, 취나물이며 머위 잎사귀 따위 들어 있었다

단란함이 그리웠을까 봄맛을 보고 싶었는지도 몰랐다

냉동실을 여니 아직 얼음덩이가 가득했다 하얀 비닐봉지 속의 엿기름과 누룩덩이도 보였다

눈 내리는 겨울, 차가운 식혜 한 그릇 떠올랐다 밥알 동동 뜨는 동동주 한 사발 급히 지나갔다

자신의 生이 허무했을까 반쯤 열린 냉장실에선 비질비질 눈물이 흘러내렸다

아이들이 좋아한다며 아내는 기어코 생닭 한 마리를

샀다

　삼성전자 대리점 앞 버려진 냉장고…… 는, 양로원에
내다버린 할머니처럼 그만 컥컥 목이 메었다.

가족 사진

눈더미 아직 성큼성큼한
지리산 산자락 타고 내려와
실상사 돌탑 아래
찰칵, 하고 사진 찍는다
두 아이와 한 여자,
흰머리 듬성듬성한 중년의 사내
거기 빙긋, 하고 박힌다
쫓겨가던 겨울도 눈녹이물도
히쭉, 하고 웃는다 이미
때가 되었지, 하고
부푼 낯빛으로 봄바람이 분다
그 사내의 오랜 의무감이
감사하다, 감사하다 하며
봄바람에 몸 푼다 고개 끄덕인다
두 아이와 한 여자,
멀쩡하게 안경 쓴 사내
해체해선 안될 어떤 엄숙한 운명도
찰칵, 하고 한장 사진으로 남는다
실상사 오랜 돌탑도 거기 남는다.

외식

불쌈을 먹은 듯한 더위도 제법 식은 날, 아내의 生日
이란다 아내의 誕日…… 새로 생긴 풍속을 좇아, 아내
와 아이들 좇아 집 나선다 '돼지갈비' 먹으러 간다 돼지
갈비라니, 왠지 촌스럽구나 어쩐지 낯설구나 까불대는
아이들, 촐랑대는 아이들, 아이들이 아내보다 좋아라 한
다

또 한 세기가 저물어가는 오늘
아내도 잘 알리라 형편없이
무너져내리는 이 낡은 울타리를

머리 긁적이며 돼지갈비집 창문 너머 하늘을 본다 그
사이 식탁 위로 파절이며 풋상추며 양념한 돼지갈비가
나온다 어색한 듯 고개 숙여, 아내는 고기를 굽는다 아
이들이 왁자지껄 덤벼들며 노래부른다 해피 버스 데이
투 유, 아니 우리 엄마…… 어쩌구, 한다.

쌍계사 가는 길

사내는 자신의 일터인 광주까지 내려온, 서울에서 애들을 키우며 직장에 다니는, 아내에게 무언가 잘 해주고 싶었다 무언가 멋진 것 보여주고 싶었다 토요일 오후, 사내는 아내와 함께 차를 몰았다

······ 눈더미 희끗희끗한 섬진강 노을, 빗금 그으며 떨어지는 겨울강 노을, 은비늘 퍼덕이는 빙어떼 노을······

바람 앙상한 쌍계사 계곡, 굴참나무들 천천히 발가벗고 있었다 산 그림자만 저 혼자 알몸들 끌어안고 있었다 절집마저 없었더라면······ 아득했다 이들 부부의 노을빛 금실, 문득 구수한 범패소리로 울려 퍼졌다

쭈빗쭈빗 저녁 연기 솟아올랐고, 어디선가 밥짓는 냄새 우쩍우쩍 들려왔다.

변산 갯벌

아기게들 뿔뿔이 달아나고 있다 변산 갯벌 어디, 종종
걸음으로 첨벙대는 아이들, 덩달아 가슴 설레는 젊은 엄
마들 붉게 물든 얼굴마다 햇살 가득 빨아들이고 있다

발가벗고 그만 누워버리고 싶으리라
한바탕 아지랑이에 몸 말리고 싶으리라

망둥이 새끼들, 오조조 튀어오르고 있다 솔숲 간질이
던 바람, 갯벌의 겨드랑이 간질이며 뽀르르 환한 낮빛으
로 웃고 있다 하늘가 떠돌던 물새들, 바위 무더기 위로
끼루룩 내려앉고 있다

게 구멍 속으로 문드러지는 아이들 여린 손톱이여
미끄러지듯 흐느끼는 젊은 엄마들 맨발바닥이여.

명옥헌의 달

명옥헌 배롱나무 꽃무더기 위
누가 황금빛 그리움 하나
둥두렷이 띄워 올렸나
발걸음 옮길 때마다
아스라이 동쪽 산마루 넘어
해바라기 꽃판처럼
방긋대고 있는 저 낯빛 화사한 여인……
의, 사내는 누구일까
쭈뼛쭈뼛 물어볼 틈도 없이
서울 저쪽, 쭈그렁바가지의 달
드르르 딱딱 휴대전화 걸어
'정신차리세요, 여보!'
하고, 버럭 소리를 지른다
지나가던 초가을 바람
저 혼자 피시시 웃는다
그만 정신 차릴 기운조차 없다.

방

주말이면 한 사흘씩 비어 있기도 하는 방이다
먼지들만 비실비실 소리내며 우는 방이다
모래알들도 덩달아 쇠리쇠리 굴러다니는 방이다
켜켜이 쌓여 있는 거미줄도 서러워
고물고물 함부로 몰려다니는 방이다
겁 없는 바퀴벌레들
낮인지 밤인지도 모르고 싸돌아다니는 녀석들
고통스럽게 휴지로 싸서
창 밖으로 내던지기도 하는 방이다
너저분하게 흩어져 있는 옷가지들
대강대강 걷어내고
흰머리 듬성듬성한 중년의 사내
지쳐빠진 지난 70년대의 사내
베갯머리를 껴안고
저 혼자 누워 있기도 하는 방이다
누워 잠 못 이루기도 하는 방이다
그렇게 홀아비 냄새 퀘퀘히 절어 있는 방이다
멍하니 천장 바라보다가
더러는 수상한 시 한편씩 뱉어내기도 하는 방이다.

저녁

햇살 맑은 날 아침, 사립문 옆 잎사귀 넓은 오동나무 가지 위, 꽁지 출랑대는 까치떼들 반가운 눈인사 받으며, 자식새끼들 정겹게 흔드는 손, 마주 흔들며 출근을 하고, 일터의 사람들, 낯빛 환한 사람들 어울려 함께 일하고, 때 되어 아내가 싸준 점심 도시락 소풍 기분으로 까먹고, 또다시 열심히 일하고, 해동갑의 황혼 무렵, 호이호이 휘파람 불며 집으로 돌아오면, 멍멍멍 하고 누렁이가 먼저 달려와, 꼬리를 흔드는 저녁, 그런 저녁이 있지

봄 여름 가을 겨울, 하루도 빠짐없이
자분자분 걸어서 집으로 돌아오는 저녁
설레는 아내의 젖가슴 같은 저녁
고소하게 익는 누룽지 같은 저녁
언제나 마음 넉넉한 저녁을 살고 싶지

불빛 너무 찬란해 도대체 밤과 낮 구별할 수 없는 저녁, 몰아치는 네온사인 빙글빙글 너무도 어지러운 저녁,

서로들 속고 속이면서도, 적당히 팔고 팔리면서도 술에 취해 이리저리 비틀거리는 저녁, 마음 한구석 여기저기 비 젖은 은행잎사귀처럼 마구 찢겨나가는 저녁, 찢겨 나가면서도 재빨리 키를 쑤셔넣으며 자동차의 시동 걸고 있는 저녁, 시동을 걸면서도 잽싸게 짱구를 굴리는 저녁, 악착같이 또 내일 저녁을 계산하는 저녁, 당신의 그런 오늘 저녁에는……

비닐 우산을 받쳐 든 여인

비 내린다 구죽죽이, 더러는 진눈깨비도 친다 창 밖 가로등 환한 불빛 속, 찬찬히 내려다보이는 건너편 고층 아파트 광장

빗속으로, 가로등 불빛 속으로 비닐 우산을 받쳐 든 여인, 불쑥 다가선다 쓰레기 분류함 속으로, 무언가 꼭 꼭 묶어 넌지시 내던진다

아마도 음식 찌꺼기 따위, 내던지진 않을 것이다 오늘 만치의 삶이 만드는, 살비듬처럼 들뜬 마음의, 가루비누 로는 지울 수 없는 저 구멍들……

다이아반지를 낀 제 손가락 놀려, 여인은 받쳐 든 비 닐우산, 빙그르르 돌려본다 아파트 베란다 위에선, 차마 메울 수 없는 물방울들, 텅 빈 가슴의 오랜 틈들, 사이 로.

제석산 아침

진월동 야트막한 제석산 언덕, 느지막이 새떼들 깨어
난다 숲 사이로 들큰하게 밤꽃 냄새 인다 결 고운 햇살
들 오조조 부서지는 아침, 이 동네 아줌마들 두엇두엇
모여 뛰고 달린다 팽팽하게 몸 만든다 더러는 우람한 소
나무 붙잡고, 자꾸 아랫도리 짓찧는다

어디선가 붕장어 도톰하게 살오르는 소리, 들린다 주
둥이 가벼운 산까치들, 꽁지 추썩대며 좋아라 까닥까닥
웃는다.

집

　사람들 평생에 세 번 집 짓는다네 그런 것 나하고 무
슨 상관 있나 태어나면서 짓는 집, 철들면서 짓는 집,
장가들면서 짓는 집…… 나, 아직 옛집에 그냥 살고 있
네

　실제로는 이십 년 가까이 되었네 당연히 낡았네 비 새
고 쥐똥들 여기저기 굴러다니네

　손깍지 베개를 하고 안방에 누워 너무도 뚱뚱해진 집,
멀거니 바라보고 있네 벽이며 천장의 사방연속 무늬들,
까맣게 지워져 잘 보이지 않네 서로들 인연 끊겨 그만
입 앙다물고 있네

　이 집 함부로 허물 수 있나 어차피 끊어진 채 사는 生
인 걸

　더런 축구공처럼 제 집 발길로 차며 이리저리 갖고 노
는 사람들도 있네 공기돌처럼 제 집 손아귀에 넣고 맘대

로 장난질치는 사람들도 있네

　이런 일들 생각하면 더는 집 짓고 싶지 않네 비 새는
곳 망치질해서 고치고, 도배도 새로 해서 그냥 살라네
재재바른 이웃들 오래오래 비웃어도 좋네 고속도로 옆
외딴 오막살이라고.

호박넝쿨이 자라는 속도라니!

책 속에 묻혀 혼곤히 밤새운 새벽, 창 밖의 호박넝쿨이 자라는 속도로 살아야지, 하고 다짐한다 그것들 울바자에 기어오르는 속도로!

서울에서 멀리 떨어져, 저 혼자 외로운 진제 마을, 거기 옷가지들 함부로 널브러져 있는 방구석…… 그러고 보니 문득 시간이 몸 웅크린 채 멈춰 있다

형광등 불빛 너무 흐려, 벽면의 백색 무늬들, 너울거리며 아내와 아이들, 활짝 웃는 모습 만든다 식탁 위로, 보글보글 끓어 넘치는 된장찌개 보인다

전화를 걸면, 시큰둥하는 식구들의 목소리…… 창밖엔 호박넝쿨이 자라는 속도라니! 하며 뽀르르 몰려다니는 젊은 바람들, 짜증스럽다는 듯 온몸 비틀며 떠들고 있다

창 안엔 차마 속도를 이기지 못한 지친 목소리…… 허

겁지겁, 바쁜 욕망들에게 허리춤 붙잡히고 있다 방바닥
가득 이불 속에선, 오밀조밀 졸음 피어오른다 쌓여 있는
책들, 저 혼자 그만 푸시시, 웃는다.

낡은 집

겨우겨우 가슴으로 모시고 다니는 집, 전쟁통에 허겁
지겁 정신없이 지은 집 너무 낡았네

걸핏하면 굴뚝 밑 무너지는 집, 함부로 방고래 막히는
집 아궁이 가득 불덩이 처먹고도 방구들 뜨뜻하질 않네

사람들 아랫목 이불 속 손 넣어보곤 아이, 차가워라
마음까지 얼어붙곤 하네

청솔가지 타는 냄새 매캐한 집, 도둑고양이들 우르르
몰려다니는 집 고방 밑까지 우수수 무너지고 있네

전쟁통에 지은 집, 다들 그러하네 이 집 수리하느라고
병원엘 다니는 내게, 현일 스님은 그만 다 버리라고 하네

……버리면 어쩌지 이 낡은 집, 그래도 그동안 나를
키워준 집.

탑
국가

50년을 쌓아올린 공든 탑이다 올해 들어 겨우 준공식을 치른 탑이다 겉모습만 간신히 치장을 올린 탑이다 탑 쌓는 동안 얼마나 많은 사람 문드러졌나, 얼마나 많은 생명 찌그러졌나, 그따위 것 묻지 않는다 한가하게 되묻지 않는다

바람이 탑 주위를 맴돌고 있다
살랑살랑 꼬리를 치고 있다
(資本, 資本의 바람) 지구화니
세계화니…… 운운하며 바람이
제 몸 발가벗고 있다 발가벗고
알몸으로, 탑의 아랫도리 감싸고 있다
(그렇다 바람에겐 國境이 없다)

마침내 엉덩이 흔들며 몸 맡기는 탑, 흐물흐물 녹아내리는 탑, 녹아 함부로 바람이 되는 탑, 너무 늦었어요 탑의 시대는 끝났어요, 하며 탑이 턱, 맥 놓고 있다 한 점.깃털로 흩날리고 있다 아무런 반성도 회한도 없이.

생태적 사유, 혼신의 사랑
시인의 존재 전환의 한 표지

유성호

1

그를 겪어본 사람들은 잘 아는 일이지만, 이은봉 시인은 사물의 낱낱에 대한 지극한 연민과 애정 그리고 자신이 살아온 시간에 대한 거의 본능적인 반추와 성찰의 벽(癖)을 지니고 있다. 그래서 그동안 그의 시에서 사물들은, 비판적인 현실인식을 암시하는 우의(寓意)의 옷을 입기도 하고, 시인이 살아온 시간의 굴곡과 은유적 등가를 이루기도 하고, 시인이 궁극적으로 지향하는 어떤 이념이나 가치체계를 상징하기도 하였다. 그리고 시인은, 감상 과잉의 가능성을 최소화하면서, 자신의 인지적·정서적 반응을 정직하게 드러내고 다짐하는 이른바 '투명성'의 세계를 견지해왔다. 이번에 그가 자신의 40대 후반의 생을 담아 6년 만에 펴내는 다섯번째 시집 『내 몸에는 달이 살고 있다』는, 이같은 기율과 방법과 태도를 일견 지속하면서도, 전에 보기 어려운 눈부신 전회(轉回)의 한 장면을 연출하고 있어 매우 이채로운 세계이다.

이번 시집에서 사물들은 우의나 은유나 상징의 허울을 최대한 벗어버린 채, 스스로의 격(格)과 생명을 지닌 존재들로 살아나고 있다. 그리고 시인 스스로는 낮은 목소리로 중년의 생을 성찰하면서, 새롭게 발견한 사물들의 존재형식과 생명의 원리를 힘차게 노래한다. 이처럼 사물들에게는 원형적이고 근원적인 생명의 활력을 불어넣고, 자신의 삶에는 반성적 긴장을 일관되게 부여하고 있는 언어적 결실이 이번 시집의 뚜렷한 외관이라고 할 수 있다.

시집은 모두 4부로 구성되어 있는데, 적지 않은 시간 동안 써온 시편들인지라 다양한 전언과 작법이 두루 보인다. 그럼에도 불구하고 우리는 이번 시집에서 매우 잘 짜여진 집중된 하나의 '플롯'(plot)을 발견할 수 있는데, 그것은 지난 시절 자신을 묶어둔 종요로운 가치들로부터 한결 자유로워지고 헐거워지려는 시인의 의욕과 정신적 변화를 과정적으로 보여주는 시집의 구성 원리이다. 그렇다면 그 플롯을 따라가 보자.

2

먼저 시집의 앞쪽에 실려 있는 시들에서 우리가 느낄 수 있는 것은, 사물을 대하는 시인의 새로운 감각과 태도

111

이다. 지면을 가득 채우고 넘쳐나는 자연의 활력과 의성어(소리) 의태어(색상)들은, 시인이 자연을 자신의 관념으로 착색하지 않고, 그들로 하여금 스스로 살아 움직이고 노래하고 꿈꾸게끔 하고 있다는 것을 알게 해주는 실례이다. 그의 시에서 모든 사물들은 자신만의 호흡과 율격을 가지고 환하게 움직인다. 사실 이번 시집에서 가장 강조되어야 할 덕목이 율격에 대한 시인의 각별한 배려(시들을 음독해보면 금방 알 수 있다)인데, 이는 사물과 주체 사이에 개재하는 불화보다는 사물들 사이의 연속성과 화응(和應)의 리듬을 강조하고자 하는 미적 장치일 것이다.

이렇듯 자연을 대상으로 한 시편들의 공통점은, 자연 스스로 주체가 되는 어법으로 나타나고 있다. 이를테면 자연은 시적 주체가 지각하는 대상이 아니라, 스스로 감각의 주체가 되고 있는 것이다. 그것들은 시집 곳곳에서 "저 혼자 팔랑거리는 소리"(「사이, 소리」)를 내면서, 생명현상 특유의 활력과 윤기를 역동적으로 드러내고 있다. 이러한 특성은 그동안 그가 스스로 긴박해두었던 생의 하중(荷重)으로부터 벗어나고 있음을 알려준다. 그것은 세상에 대한 윤리적 부채감이자, 구체적인 삶의 실감 속에서 치러내야 하는 생활의 간단찮은 무게이다. 거기서 한결 자유로워지고 헐거워진 시인은 이제 자연 사물을 윤리적 알레고리나 삶을 비유하는 상관물이 아닌 저 스스로 "웃으며 뛰놀고 있"(「청매화, 봄빛」)는 자재로운 생명체로

거듭나게 하여 자신들의 위치로 돌려주고 있는 것이다.

이를 두고 우리는 이 시인의 '생태적 인식'의 세련화라고 부를 수도 있을 것이다. 여기서 말하는 '생태적 인식'이란 유기체들이 서로서로 얽혀서 존재하고 있으며, 그래서 그것들은 단속적이고 개별적인 실체가 아니라 서로 내적으로 연관되어 있다는 사유 태도를 지칭하는 것이다. 세계를 가득 채우고 시인의 몸에까지 전해져오는 "하루치의 봄빛"(「청매화, 봄빛」)에서 봄햇살, 꽃그늘, 흙덩이들이 내지르는 "낮은 목소리"를 듣고 "무한천공 밀어 올리는 아으, 들뜬 사랑"(「봄 햇살」)을 감지하고 있는 시인의 눈은 그 점에서 단연 생태적이다. 그리고 그 "들뜬 사랑"의 대상은 "고 예쁜 것들 깔깔대며 장난칠 때 되었지"(「초록 잎새들!」)처럼 예쁘고 눈부시고 활력 있고 환한 자연의 세목들이다. "너로 하여, 네 가난한 마음으로 하여 서 있는 세상, 온통 환하여라"(「패랭이꽃」)라고 고백하고 경탄하고 눈부셔하는 시인에게 이처럼 "신비를 만들며 솟구쳐오르는 생령 덩어리들"(「아흐, 치자꽃 향기라니!」)은 시인과 이미 한 몸을 이루고 있는 존재들이다. 「강, 산, 들」이나 「제석산 아침」 등에서는 아예 모든 생명들의 에로틱한 혼융 상태를 그려내고 있기도 한다.

그런데 이러한 생명 지향의 시편들이 소박한 전원 취향의 목가와 갈라지는 지점은, 이 시인이 끊임없이 생명 현상의 물리적·상징적 기원에 대한 탐색을 행하고 있기 때문이다. 생명의 기원. 그것은 물론 생물학이나 고고학의

113

대상이겠지만, 그것이 시의 몫이 될 수 있음을 시인은 잘 보여주고 있는 것이다. 그래서 우리가 새삼 주목해보아야 할 시편들이 2부에 실린 작품들인데, 여기서 시인은 '돌(혹은 바위)'이라는 비생명의 존재로 자신의 상상력을 응집시키면서, 본원적 생명을 잉태하고 있는 상징으로 그것들을 탈바꿈시키고 있다. 이것이 이번 시집에 나타나는 플롯의 두번째 단계이다.

3

1990년대 후반, 모든 사회적 가치가 급속히 해체·이완되고, 인간의 무한 탐욕과 그로 인한 권태와 환멸 속에 많은 지식인 문사들이 그야말로 지리멸렬에 빠져 있을 때, 시인은 그 지독한 환멸 속에서도 오히려 새로운 인식의 전환을 맞는다. 그것은 인간의 역사가 이성적 실천을 통해 변혁되고 진보한다는 가없는 신념보다는, 무기물 혹은 무생물에서 근원의 흔적을 보는, 다시 말해서 그것들이야말로 세상의 안쪽이 아닌 바깥쪽에 존재하면서도 근원적이고 궁극적인 가치를 훼손당하지 않은 채 살아있는 유일한 가치라는 깨달음에서 가능해진다. 그 무생명이 바로 산, 돌, 바위, 사막 같은 것들인데, 특히 '돌(바위)'에 대한 시인의 집중성은 매우 각별하다. 이전의 시집에서도 그는 이렇게 노래한 바 있다.

어금니 앙다물고 있는 것들아

조용히 눈감고 고개 흔들고 있는 것들아

여린 가슴 잔뜩 안으로 감싸고 있는 것들아

그렇게 웅크려 떨고 있는 것들아

저희들끼리 모여 저희들 이름 부르고 있는 것들아

단단함으로 단단함 불러 제 단단함 다지고 있는 것들아

우기적거리며 아랫배에 힘 모으고 있는 것들아

그래도 속으로는 온통 세상 뒤흔들고 있는 것들아

오직 뼈다귀 하나로 울고 있는 것들아

차마 어찌하지 못하는 것들아

아흐, 이 바윗덩어리들아.

— 「바윗덩어리들아」 전문(『무엇이 너를 키우니』, 1996)

이 숨가쁘고 연쇄적인 호격(呼格)의 반복은, '바윗덩어리'에서 생명의 기운을 읽고 있는 시인의 역동적 호흡을 그대로 은유하고 있다. 시의 형식(율격)이 그대로 시적 전언의 근간이 되고 있는 경우이다. 특히 "그래도 속으로는 온통 세상 뒤흔들고 있는 것들아" 같은 구절은 이 무생물 속에서 근원적인 생명의 탄생이 예기된다는 무의식적 주제를 담고 있다.

이번 시집에도 "여기저기 바윗덩어리들, 눈빛 쏘아댄다 함부로 눈웃음 쏘아댄다"(「어이, 바윗덩어리들!」)라는 구절이 보이거니와, 시인은 '바위'로 상징되는 어떤 견고한 광물질에서 새로운 생명의 근원을 탐색한다. 프랑스의 고고학

자이자 가톨릭 사제이기도 한 테야르 드 샤르댕(Teihard de Chardin)은, "바위 속에서 혹은 물 속에서 혹은 바람 속에서 생명이 스스로의 육체와 혼을 부여받는다"고 갈파한 바 있다. 이처럼 '물질(생물학)'과 '영성(신학)'을 내적으로 연관시키면서, 무기물(혹은 무생물)에서 생명체가 잉태되고 진화된다는 일종의 우주적 역리(逆理)를 시인은 받아들인다.

이러한 역설적 상상력은 그에게 '무기물('돌'/'바위') →생명('털 없는 원숭이' 곧 인간)'의 생성 과정을 상상적으로 가능케 해줌과 동시에, 모든 사물(무생명까지 포함하여)들이 내적으로 깊이 연관되어 있다는 생태적 차원을 활짝 열어준다. 그 사유와 감각이 짙게 깔린 작품!

제석산 나지막한 능선 따라, 아름드리 소나무들, 우뚝 우뚝 멈춰 서 있다 소나무들 따라 집채만한 바윗덩어리들, 빗종빗종 뒤엉켜 앉아 있다

바윗덩어리들 속, 아직 덜 진화된 침팬지들, 오손도손 살림 차리고 있는 모습, 눈에 띈다 언뜻 보면 마냥 돌덩어리다

돌덩어리 속 침팬지들, 안으로 끌어당긴 산 기운, 파랗게 키우고 있다 生靈들, 그렇게 주춤주춤 커가고 있다 차마 깨뜨릴 수 없는 우주다

흩어져 있는 돌 부스러기들 속에서도, 생령들 우쩍우
쩍 모여들고 있다 돌 부스러기들보다 작은 침팬지들,
쪼르르 모여 살림 살고 있다

저 바윗덩어리들, 그렇게 나다 아버지다 할아버지다
누구도 제 손자들, 여기 옹기종기 모여 살고 있는지 알
지 못한다 제석산 오랜 소나무들처럼……

—「침팬지의 집」 전문

'돌(무생물)'이 '침팬지(생명)'로 바뀌는 과정을 통해
생명의 기원("안으로 끌어당긴 산 기운 … 生靈들")이 궁
극적으로 무기물의 안쪽("바윗덩어리들 속")에서 생성되
어 하나의 상상적 질서("차마 깨뜨릴 수 없는 우주")를
구축한다는 것을 보여주는 작품이다. 「털 없는 원숭이」라
는 작품——영국의 동물학자 모리스(D. Morris)의 『털 없
는 원숭이』(*The Naked Ape*)에서 보듯 인류는 지구상에 현
존하는 193개 종의 원숭이 중 유인원 가운데 유일하게 몸
에 털가죽을 걸치지 않은 별종이다——에서 보이는 "불현
듯 생명을 잉태한 돌"의 이미지 역시 무기물 자체를 온갖
생명의 자궁으로 등치시키고 있는 경우이다. 원래 "돌"
이미지는 세월의 풍화에 조금씩 자신의 몸을 마모시키면
서도 특유의 견고함을 지켜가는 묵언(默言)의 상징이다.
그것이 그의 시에서는 '생명의 틈(구멍/속)'으로 재문맥

화되고 있는 것이다. 모든 존재들이 나중에서야 "제 몸이 돌로부터 왔다는 것을 알았다"(「털 없는 원숭이」)는 것이야 말로 그와 같은 생명의 기원에 대한 뒤늦은 자각을 적시 (摘示)하는 실례이다.

그런데 현대에 와서 그 '돌'이 더이상 생명을 잉태하지 못하게 된 것은 "둥근 고리가 끊기"(「털 없는 원숭이」)었기 때문이다. 이는 생명체의 영적 진화가 잠시 주춤거린 채 속악한 세상의 원리에 휘둘리고 있기 때문이다. 마찬가지 로 '돌'은 자신의 원시성과 생명성을 박탈당한 채 "정원 연못가로 옮겨진 돌"(「돌의 꿈」)이나 "좌대 위 수석 따위" (「돌의 나라」)로 변모했기 때문이다. 이른바 근대 과학(문 명)이 자연을 생명 없는 물질 개념으로 환원시켰다는 것 은 주지의 사실인데, 여기서 나타나는 관상용 돌들이야말 로 그러한 상황의 상징적 등가물이라고 할 수 있다. 시인 이 추구해마지 않는 "또 다른 손오공을 키우기 시작하는 바위"(「바위의 길」)가 바로 그 불모성에 대한 항체 역할을 하는 셈이다. 생각해보면, 그가 가끔 내비치는 『서유기』 의 주인공 '손오공'도 '바위 안'에서 태어나지 않았는가.

4

이 시집의 세번째 플롯은 사물들간의 내적 연관성에 대 한 끊임없는 강조로 나타난다. 이는 무기물에서 생명의 기원을 찾는 시인의 안목이 좀더 뭇 사물들로 확대된 경우이다. "태초부터 배꼽과 배꼽으로 얽혀 있"(「휘파람 부는 저녁」)는 사물들은 사실 "이미 질긴 동아줄로 얽혀"(같은 작품) 있는 것들이다. 그러니 시인이 보기에 "꽃망울 피워 올리는 것"(「무등산 3」)은 "아름다운 (…) 차마 가슴 떨리는 (…) 눈부신 일"이고, "제 生이 이루는 모든 힘 바쳐/꽃대 궁 지극히 밀어 올리는 것"(「무등산 3」)이 된다. 어느 것 하나 독립된 행위가 없다. "모든 시간이 멈추고/초록의 잎 사귀들 일제히 옷 벗는다//一瞬, 태양이 射精을 멈춘다/숲속 골짜기마다/유령들, 검푸른 연기로 몰려다닌다"(「一瞬」)는 구절에서는 자연이 함께 나누는 정사(情事) 이미지 가, "바람이 읽던 책, 바람이 듣던 음악"(「사막」)에서는 인간(문명)과 자연의 소통이, 돌멩이 하나에서 "내 발길이 그만 세상을 바꾸다니!"(「돌멩이 하나」) 같은 탄성을 길어올리거나 이슬방울에서 "황홀한 비명"(같은 작품)을 섬세하게 듣는 데서는 사물들의 우주적 상통(相通)이 한껏 그려지고 있는 것이다.

이제 이 시집의 마지막 플롯은 자신이 살아온 시간을 갈무리하는 부분에서 완성된다. 이 부분이 내가 보기에 이번 시집에서 가장 재미있고 안쓰럽고 짠한 시편들의 보고이다. 물론 아직도 그는 "야트막한 담장(흙벽돌)/벽(철조망)"(「허물어야지 벽, 되었다면」)의 대위(對位)를 통해 인간의 단절과 민족 분단에 대한 우의적 비판을 가한다. 그런가 하면 "너무도 무거운 북, 소리"(「북, 소리」)라는 절묘한 쉼표의 사용을 통해 '북〔鼓〕'이자 '북(北)'의 소리를 우

리로 하여금 듣게 한다. 그 점에서 아직도 그의 시는 낭만
주의의 '몽상가'나 모더니즘의 '산책자'의 목소리보다는,
리얼리즘의 '참여자'의 목소리를 견지하고 있다.

그러나 그것도 잠시, 그는 어느새 가장 구체적인 상처
가 되어버린 일상을 따라나선다. 앞서가지 않고 그냥 "앞
서가는 생활 졸졸 따라간다."(「송아지처럼」) "그 사내의 오
랜 의무감"(「가족 사진」)으로 말이다. 그에게 그 의무감은
"해체해선 안될 어떤 엄숙한 운명"(「가족 사진」)이자 이제
는 "형편없이/무너져내리는 이 낡은 울타리"(「외식」)인 가
정을 소중히 여기는 등 굽은 중년의 모습에서 다 비쳐 보
인다. 또한 우리는 덤으로 「쌍계사 가는 길」이나 「명옥헌
의 달」, 「호박넝쿨이 자라는 속도라니!」라는 작품들에서
이제 "흰머리 듬성듬성한 중년의 사내/지쳐빠진 지난 70
년대의 사내"(「방」)가 자나깨나 가족의 커다란 무게를 등
에 진 채 살아가고 있음을 더없이 잘 볼 수 있다. 그 버거
운 무게와 잔잔한 기쁨을 동시에 알려주는 몇몇 장면들!

　자신의 生이 허무했을까 반쯤 열린 냉장실에선 비질
비질 눈물이 흘러내렸다 (「버려진 냉장고」)

　실제로는 한 이십 년 가까이 되었네 당연히 낡았네
비 새고 쥐똥들 여기저기 굴러다니네 (「집」)

　전쟁통에 허겁지겁 정신없이 지은 집 너무 낡았네

(…) 그래도 그동안 나를 키워준 집 (「낡은 집」)

낡은 '냉장고'처럼 허무와 눈물로 살아온 생, 이제 삐
걱삐걱 낡아버린 결혼생활과 가정, 50년 가까이 힘겹게
꾸려온 중년의 육신에 대한 새삼스럽게 일상적이고 친숙
한 느낌들이 과장된 엄살이나 청승맞은 감상과는 다른 그
만의 진정성으로 다가온다. 이 진정성은 이 시인의 더없
는 자산인데, 우리는 이를 논리적으로 증명할 수 없다. 다
만 한 중년의 사내가 심층에 지니고 있는 삶의 파동이자
흐름인 그 시적 진정성을 실감으로 느낄 수 있을 뿐이다.

5

이 정도가 이 시집이 그리고 있는 외연적 경개(景槪)이
다. 요컨대 이 시집은 '사물들의 주체적 활력—생명의 기
원 탐색—사물들의 내적 연관성—중년의 생에 대한 성
찰'의 플롯, 곧 무생명에서 생명으로, 독립된 개체성에서
내적인 연관성으로, 외재적 자연에서 내재적 일상으로 삶
의 무게가 옮겨지면서도 시인의 생태적 사유가 매우 폭
넓게 그것들에 두루 걸쳐 있다는 것을 하나의 구성 원리
로 보여주고 있다.
이제 이 시집은 시인에게 매우 중요한 존재 전환의 한
표지가 될 것이다. "습관적으로"(「습관적 반성」) 행해왔던
역사에 대한 부채의식과 지나온 생활의 무게에서 동시에

자유로워지려는 자유와 치유의 언어를 행간 행간에 활력 있고 환하고 고통스럽게 저며넣고 있는 이 시집은, 그래서 지난 시집에서 "차분하게 좀더 삶과 자연에, 경험과 관찰에 철한 시"(「후기」, 『무엇이 너를 키우니』)를 기다리겠다던 시인의 의욕이 관철된 의미있는 세계이다.

부정적 현실은 치유하고 극복함으로써 나아지는 것이 아니라, 부정의 정신이라는 새로운 자체 질서를 발생시키고, 또한 그 질서는 다시 또 다른 부정의 정신에 의해 부정되는 질서를 얻는다는 아도르노(T. Adorno)의 '부정의 변증법'은 이제 우리가 참조해야 할 중요한 현실 원리 중 하나이다. 물론 이러한 인지적·정서적 연쇄는 필연적으로 비극적일 수밖에 없지만, 최소한 심미적이고 근원적인 활력으로 가득 찰 때, 그것은 파탄이 아닌 생성과 견딤의 비극성으로 바뀔 수 있다. 시의 몫이 결국 그것 아니겠는가. 우리는 사물과 일상을 향한 "혼신의 사랑"으로 "열매부터 맺는 저 중년의 生"(「무화과」)이 보여주는 그 비극적 역동성이, "아무런 반성도 회한도 없이"(「탑」) 낡아가는 우리 시대에 깊은 서정적 충격을 준다고 말할 수 있을 것이다.

이제 짐작컨대, 그의 시가 그리는 미래는, 자아의 확충과 뭇 대상들을 향한 우주적 연민(cosmic pity)으로 나아갈 것이다. 중심 설정이 끝없이 유예되는 이 차연(差延)의 시대에, 우리는 그 스케일의 확충이 인위적 관념으로 추구되기보다는, 지속적인 심미적 형상의 결을 얻어, 생의 리듬을 구체적 율격으로 재현하면서, 낱낱 사물들의 존재형식을 암시하는 장인정신을 통해 완성되어가기를 바란다.

시인의 말

눈감았다 뜨면 세상, 나무 다 보인다. 검게 빛나는 밑동이며 줄기, 우듬지며 잔가지까지도…… 나도 한 소식했나 보다, 하고 피식 웃는다.

다시 눈감았다 뜨면 세상, 나무 온통 어지러운 이파리들 천지다. 빨·주·노·초·파·남·보, 제멋대로 빛나는 것들……

한 소식? 그런 것이 있었나, 싶다.

검게 빛나던 밑동이며 줄기, 우듬지며 잔가지는 어디에도 없다. 보이지 않는다. 오직 이파리들뿐이다.

또 다시 눈감았다 뜬다. 다 보인다. 또또 다시 눈감았다 뜬다. 아무것도 보이지 않는다. 또또또 다시 눈감았다 뜬다. 다 보인다.

강물은 늘 이렇게 제 몸을 뒤척이며 흐른다. 강물은 더이상 물고기를 앞뒤로, 옆으로 떠밀지 못한다. 강물에게는 앞과 뒤, 옆이 없다. 그냥 흘러갈 따름이다.

언제나 물고기는 어제와 오늘과 내일을 한몸으로 살고 있다.

지난 1980년대 한때 오직 순수한 서정만으로도 시가 될 수 있는 시대가 오리라, 믿은 적이 있다. 지천명이 다 되어서야 순수한 서정 속에선 물고기가 살지 못한다는 것을 깨닫는다.

모든 물고기는 잡종이다. 눈꺼풀이 없어 끝내 눈을 감았다 뜨지 못하는 버들붕어까지도!

창작과비평사에서 또 한권의 시집을 낸다. 우연히 처갓집에 들렀다가 뜻밖에 땅마지기라도 상속받은 마음이다.

내 시의 이마에 맨 처음 붉은 고리점을 찍어준 이시영 형, 작품을 골라준 외우 고형렬 시인, 해설을 맡아준 유성호 교수에게 이 자리를 빌려 고마움을 표한다.

2002년 2월

이은봉

창비시선 215

내 몸에는 달이 살고 있다

초판 1쇄 발행/2002년 3월 20일
초판 3쇄 발행/2003년 5월 10일

지은이/이은봉
펴낸이/고세현
편집/고형렬 유용민 염종선 문경미
펴낸곳/(주)창작과비평사
등록/1986년 8월 5일 제10-145호
주소/서울 마포구 용강동 50-1 우편번호 121-875
전화/영업 718-0541, 0542 · 편집 718-0543, 0544
        독자사업 716-7876, 7877 · 기획 703-3843
팩시밀리/영업 713-2403 · 편집 703-9806
홈페이지/www.changbi.com
전자우편/literat@changbi.com
지로번호/3002568

ⓒ 이은봉 2002
ISBN 89-364-2215-4 03810

* 이 책 내용의 전부 또는 일부를 재사용하려면 반드시
   저작권자와 창작과비평사 양측의 동의를 받아야 합니다.
* 책값은 뒤표지에 표시되어 있습니다.